동물입니다 무엇일까요

이장욱

동물입니다 무엇일까요

이장욱

PIN

002

차례

PIN

002

동물입니다 무엇일까요

이장욱

시

원숭이의 시

당신이 혼자 동물원을 거니는 오후라고 하자.
내가 원숭이였다고 하자.
나는 꽥꽥거리며 먹이를 요구했다.
길고 털이 많은 팔을 철창 밖으로 내밀었다.
원숭이의 팔이란 그런 것
철창 안과 철창 밖을 구분하는 것
한쪽에 속해 있다가
저 바깥을 향해 집요하게 나아가는 것

당신이 나의 하루를 관람했다고 하자.
당신이 내 텅 빈 영혼을 다녀갔다고 하자.
내가 당신의 등을 더 격렬하게 바라보았다고 하자.
관람 시간이 끝난 뒤에 드디어
삶이 시작된다는 것
당신이 상상할 수 없는

동물원의 자정이 온다는 것
당신이 나를 지나치는 일은
바로 그런 것

나는 거대한 원숭이가 되어갔다.
무한한 어둠을 향해 팔을 내밀었다.
꽥꽥거리며
외로운 허공을 날아다녔다.
이것은 사랑이 아닌 것
그것보다 격렬한 것
당신의 생각이나 의지를 넘어서는 것
여기 한 마리의 원숭이가
있다는 것

원숭이의 시에 당신이 등장한다고 하자.

내가 그 시를 썼다고 하자.

내가 동물원의 철창 밖을

밤의 저편을

당신을

끈질기게 바라보고 있다고 하자.

생활 세계에서 춘천 가기

생활 세계에서 춘천을 갔네.
진리와 형이상학에 깊은 관심을 가지고
생활 세계에서 춘천을 갔네.
초중등학교 때는 우주의 신비와 시를 배웠지.
공부도 열심히 했고 연애도 했는데
또 독재자를 뽑았구나.

춘천에는 호수가 있고 산이 있고 깨끗한 길이 있지.
여자와 남자와 개들과 소풍이 있고
할머니도.
인사를 하고 밥도 먹었네.
나는 춘천에 들렀다가 그리스와 신라시대를 거쳐
서울로 돌아왔다.

저는 종교적인 인간이라 매일 기도를 합니다만

고백성사를 한 뒤에 영성체를 모셔야 합니다만
아아, 유물론이 옳았다.
춘천에서 나는 죽어가는 시절의 고독을 떠올리고
사후의 무심을 생각하고
길거리의 개들과 눈을 맞추었네.

생활 세계에서 춘천을 가는 일
그것은 할인마트에 내리는 석양처럼 신비로운 일
낮잠에서 깨어난 오후처럼
비변증법적인 일
열차가 북한강의 긴 교량을 건널 때 옆자리의 아
이가 자지러지게 울어대자
바로 그 순간 온몸에 스며드는
정확한 일

경복궁

형식은 성실하고 친구가 없었다. 소진되지 않는 목적을 생각하며 기원에 갔다. 바둑은 졌지만 석양을 좋아했다. 병원에 가서 무표정하게 앉아 있다가 죽은 사람과 대화를 했는데 그것이 형식에게 어울렸다. 대기실에서 누가 허공에 대고 욕을 하다가 형식에게 말을 걸었다. 그 사람이 자꾸 너 창식이냐고 창시기 맞네라고 창식아 이 새끼야라고 오랜만이다라고…… 형식은 사실 창식이가 누군지도 모르는데 어디 사는지 뭐 하는 새끼인지도

창식은 사실 살고 싶지 않고 자주 잠이 들었다. 창식은 오늘따라 머리가 아팠는데 열심히 일을 했다. 퇴근 후에 창식은 취해서 떠들고 울다가 웃다가 이건 뭔가 이상한 삶이라는 생각이 떠올랐다. 귀갓길에 창식은 전화를 걸어서 사랑한다고 말하고

싶었는데 때마침 버스가 도착해서 여보세요 여보세요 소리치며 승차를 했다. 맨 뒷자리에 앉아서 창밖을 바라보는데 창식은 입이 닫히고 눈이 감기고 코와 귀가 막히고 웃음도 울음도 터뜨리지 못하고 고통스럽게 경복궁을 지날 때

　형식은 창식의 전화를 받았다.
　경복궁은 멋진 곳이라고 했다.

비반영

거울이 사라졌다고 한다.
물에 아무것도 비치지 않는다고 한다.
쇼윈도에도
사진에도
그녀의 눈에도
내가 없다고 한다.

나는 생후 한 번도 내 얼굴을 본 적이 없어서
꿈 없는 잠을 잤다.
잘 잤다.
그림자라는 게 뭔지 몰라서
백미러가 없는 자동차를 몰고 질주를.
차 안에서 목청껏 노래를 부르고
치명적인 충돌까지.

죄책감이 필요하지 않았다.
위층은 일 년 내내 비어 있었다.
누군가를 비난한 뒤에
사랑해! 사랑해!
아무리 소리를 질러도 누가
대답을

잠에서 깨어났는데 여전히
외롭지도 않았다.
길을 걸어가다가 내가 내 얼굴을 발견했는데
누구신지요,
처음 뵙겠습니다만,
요로시쿠……

천장 위에서는

나와 똑같은 스텝으로 움직이는 누군가의 발소
리가 영영
　　내가 아닌 발소리가 영영

　　사람들은 비추어지지 않는 거리를 걸어갔다.
　　나는 거리에 서서 사람들을 바라보았다.
　　한 사람 한 사람을
　　미친 듯이 바라보았다.

추천사

나는 이 책을 추천할 수 없습니다.
이 책의 먼 곳에서 당신이 혼자 술을 마시고
이 책의 깊은 데서 내가 모르는 이를 그리워하고
이 책을 덮을 때는 욕설을

나는 이 책을 추천할 수 없습니다.
당신이 한 줄의 오후를 보내고
각주에 불과한 긴 잠에 빠지고
문장부호가 없는 가을에 도착한다 해도

나는 추천할 수 없습니다.
제목을 알 수 없는 이 책을
옮긴이를 모르는 이 책을
아무도 리뷰를 쓰지 않는 이 책을

누가 사용한 흔적 때문이 아니라
언젠가 읽은 듯한 느낌 때문이 아니라
글자들이 아무것도 지시하지 않기 때문에
이토록 상투적인데도
아침마다 모르는 이들이 펼쳐보기 때문에
독후감이 자꾸 달라지기 때문에
이 책은

단 한 군데도 찢어져 있지 않습니다.
장과 절과 페이지로 나뉘지 않습니다.
목차가 없습니다.
출판사는 어디?
누가 대체 이 책을
아무래도 완성되지 않는 이 책을
읽을 수 있겠습니까.

열자마자 이미 모든 것인

이 유일한 책을

세계의 우울

세계의 우울이 가까운 곳에 있었다.

세계는 낡은 점퍼를 입고 편의점 앞에 앉아 있었다.

세계는 옷 속에 칼을 품은 채 맥주를 들이켜고 또
세계 씨, 세계 님, 세계야, 세계 이 개새끼야!
억제된 목소리로 중얼거렸다.

나는 묵묵히 일생을 돌아보았지만
오늘은 세계의 우울 곁에 앉아 있었다.

세계는 나에게 우주 공간이었다가 국가였다가
보험공단
또는 회사 가족 친구였다가 드디어
모르는 사람이었는데

그러니까 세계에는 세계지도도 있고 세계일보도
있고 세계사라는 출판사도 있지만 아아
　　세카이계에서는 무슨 일이

세계는 세계의 우울을 뚫고 기어이
식칼을 꺼내 들었다.
누구든 들으라는 듯 칼끝을 노려보며 중얼거렸다.
정부는! 회사는! 가족은! 그리고
내 곁에 앉아 있는 바로 너는!

세계의 우울과 함께 나는 마침내
적대감과 사랑에 대해
깊이 생각하였다.
낡은 점퍼를 입고

식칼을 든 채 마침내

편의점 앞에 앉아서

우울증에 걸린 액션 스타

액션 스타는 팔과 다리를 움직였네.
달리는 자동차에서 뛰어내렸지.
벽돌을 깨고 뒤돌려차기를 멋지게

그는 공중에 떴는데 문득
여긴 어디냐.
넌 누구냐.
자막이 올라가는 곳에서
모르는 나라의 말들이 마구 떠오르는 이상한 곳
에서

나는 우울증에 걸린 것 같아.
격렬한 카체이싱의 굉음이
나뭇잎 떨어지는 소리와 같아.
자비는 왜 은밀한 살의이며

왜 친구는 항상 최후의 적인가.
허공의 정지 화면 속에서

액션 스타에게 누가 협박을 하고 사라졌다.
액션 스타는 그 사람의 목을 커터칼로
긋지 않았다. 드디어 공중제비를
돌지 않았다.
액션 스타는 멍하니

깨진 벽돌이 되었다.
깜빡이는 형광등이 되었다.
악당들이 늘어서 있는 지하 주차장에서
비장한 음악이 흐르는 계단참에서
최후의 일격도 없이

액션 스타는 자신도 이해할 수 없는 낙법으로
고요하게
착지하였다.
나뭇잎 하나가 천장에서 툭,
떨어졌다.

독심

너의 마음을 읽었는데
그랬기 때문에 너와 멀어졌다.
나의 잘못인가.

오늘은 나의 의지가 아닌 것들과 화해하려고 했다.
일기예보,
먼 도시의 우연한 사고,
잘못 걸린 전화

너는 이상한 옷을 입고 낯선 발음으로 부정하는
말을 했다. 심지어 우리는 국적도 인종도 달라진 것
같았는데,
나의 잘못인가.

너는 비 내리는 거리도 아니고 상하이의 교통사

고도 아니며 거기 중국집 아니냐고 묻는 한밤의 전화도 아니다.

나는 식물들을 모르고 펭귄과 거미를 모르고 반도체나 합성수지에 대해 평생 무지하겠지만

나는 우산도 없이 낯익은 목소리로 수긍하는 말을 했다. 그것은 독한 마음이었다가
고독한 마음이었다가

오늘의 날씨가 급하게 바뀌었다. 모르는 번호의 전화를 받지 않았다. 내가 모퉁이를 도는 순간 달려온 자동차가⋯⋯

밤하늘은 폭력적인 기호들로 가득하다.

그것은 너무 멀어서
이토록 가까이

너의 마음이 거대해진다.
나의 잘못인가.
너의 마음과 이렇게 오래 싸우고 있다.
나이 잘못인가.

주거지에서의 죽음과 행정적 처리들

주거지에서 일어나는 일이 삶의 모든 것이다.
혼자 여행을 가서 해변을 거닐고
희귀한 고독을 느낄지라도

주거지에서는 사랑을 한 뒤에도
밥을 안치고 설거지를 하는 것이다.
화장실에서 신문을 보는 것이다.
전쟁에 관한 기사를 읽으며
그것이 점점 다가오고 있다는 소식을 평생토록

밥은 익숙한 동작으로 먹어야 한다.
화장실을 나올 때는 손을 씻어야 한다.
경조사에는 점점 참석하지 않는다.
아이들은 예정된 파티에 대해 대화를 나눈다.

주거지의 관점에서 보면 죽음이란

주방에서 타오르는 프라이팬에 손을 얹는 일

프라이팬은 지옥이고

지옥이 그토록 가까워도 아무렇지 않은 것으로서

나는 죽어가면서 미련 따위를 남기는 멍청이이다.

주거지에서는 실내 온도를 맞추고

친구에게 마지막 전화를 하고

관의 재질을 선택해야 한다.

어떤 삶에는 의심할 것이 없고

심층도 없다.

주거지에서는 희로애락과 생로병사 외에는

아무것도 일어나지 않는다.

전쟁처럼

달구어진 프라이팬에 손을 얹고
가만히 서 있는 일
다 익은 손바닥을 주의 깊게 들여다보면
운명선이 사라져 있다.
향기로운 손은 갓 죽은 것처럼 식어가고 드디어
아무것도 하지 않는다.

판고

길을 걸어가는데 누가 고구마⋯⋯라고 중얼거렸다.

그렇다는 것이 내 안에서 자꾸 웃음을 터뜨리고 갑자기 화를 낸다.

멈추어 서서 오래 하늘을 바라보았는데 사람들이 하나둘
나를 따라 하였다.
그렇게 해서 외롭지 않았지만

나는 나의 친구들을 과거에 두고 왔으니까 곧
과거로부터 전화가 올 것이다.
무덤에서 요람까지

나는 고구마를 생각하였다. 잠깐 떠오른 생각이
내가 살아온 모든 것에 가깝다는 사실을 깨닫고
　화를 낼 때가 있다. 웃음을 터뜨릴 때가 있다. 그
런데

　여긴 어디지?
　오늘도 하늘에는 몇 개의 고구마가 떠 있고
　그건 당신과 내가 오래전에 나눴던 대화와 비슷
하고
　당신이 누구인지 오늘은 기억나지 않고
　고구마는 결국
　맛있는 것

　길을 걷다가 고구마……
　라고 내가 중얼거리자

걸어오던 사람이 내 쪽을 바라보며 뭐라
말을 하려 했다.

미해결의 장

이곳은 물속이 아니라서.
그게 싫어.

그렇게 중얼거리는 여고생은 인터넷에서 만난
친구와 동반자살을 약속했는데
우리는 언제나 약속을 잘 지키는 사람들. 음악이
흐르는 물속에서?

누가 나를 욕하고 다니나? 이것은 점심시간이 끝
난 회사원들의 관심사. 거리에서 일제히 탭 댄스를
시작하고

저기 저 구두장이의 몸은 버스 정류장 구석에서
시신을 닮아가네. 발목 없는 구두들의 춤과 함께

연인들은 서로의 먼 곳에서 서로를 껴안고

그것은 신도시의 지평선의 아스팔트의 아지랑이
의 일이었다가

팔의 뼈의 근육의 일이었다가

드디어 심장의 일

피의 일

택시 기사는 사납금의 세계를 달려갔다. 여고생
의 이어폰에서 흘러나오는 음악과

골목의 골목의 골목에서 툭툭 튀어나오는 아이
들과

급브레이크의 세계에서

고구마……

라고 맞은편에서 걸어오는 늙은 사람이 중얼거

렸다. 다시 고구마……라고
　고구마는 맛있다……라고

　지하철역을 향해 걷던 내가 늙은 사람을 바라보
며 뭐라
　말을 하려 했다.
　한여름이었는데
　뜨거운 눈송이들이 물속처럼 내리고 있었는데
　판교였는데

* 손창섭, 「미해결의 장」

의상

한 벌의 옷을 사고도 인생을 산 것 같았다.
내가 지금 토끼 가죽을 입은 것인지
다른 사람을 구입한 것인지
아니면 새로 짠 관에 누운 것인지

그것을 입고 외출을 했다.
버스를 타고 꾸벅꾸벅 졸다가
간을 꺼내 바위에 널어 말리고 다시
해변으로

옷은 흔한 비유지만 그것이 껍데기는 아니다. 겉
과 속은 아니다. 현상과 본질도 아니다. 제발
진심과 가면이

온몸이 다 삭아지고 녹아지고 지워질 때까지

그것이 되어가는 것이다.
택시를 타고 지하철을 타고
바다에 뛰어드는 것이다.
용왕을 만나는 것이다.

역시 넌 유행을 몰라.
우스꽝스러운 몸짓으로 현실과 현상과 가면을
지나갔다. 혜화역이라든가
산호초 곁을

심해의 승강장에 서 있는데
너무 오래 살아온 자라 한 마리가 물끄러미
나를 바라보고 있었다.

나에게는 임무가 있다고 했다.

의상에 손을 대고

깊고 깊은 두근거림을 느꼈다.

도봉구의 대립

그는 높은 곳과 낮은 곳 사이에서 태어났으며 도
봉구에서 외롭고 시끄러웠다. 기독병원 5층
또는 지하 식당에서

도봉구의 생활은 너와 나 사이에서 흘러갔는데
그것을 아침과 밤 사이라고 여겼는데
생물과 무생물 사이라고
드디어 전생과
기일 사이라고

하지만 결국
격투에 가까운 것
그는 화를 내지는 않았다. 도봉구에 가득한 음극
과 양극을 잊은 사람 같았다. 여성들과 남성들을,
젊은이들과 늙은이들을, 건물주와 세입자들을, 밤

의 몽상과 낮의 의무들을

　도봉구의 드넓은 사막에서

　앞으로 나아간다는 것. 악마의 얼굴을 한 미세먼지 속으로. 헛된 진실과 진정한 헛것들을 향해. 백운대와 인수봉 아래 격렬하게 펄럭이는 플래카드들의 기치 아래

　김밥천국과 김가네 김밥의

　격돌 속에서

　그는 식사를 하려고 했다. 라면이나 덮밥 같은 것으로

　휴대전화를 붙들고 울고 웃는 사람들의 통성기도와 함께

오, 밤의 외로움을 기억하지 못하는 대낮들이여! 행인의 전진을 무시하는 승용차들이여! 여당과 야당의 플래카드들이여! 이마트와 신창 시장의 매출액이여! 동남아인의 월급과 사장님의 욕설이여! 그리고 드디어……

너! 거기 너!

나가요. 나가! 꺼지라고!

우리는 죄인입니다 여러분! 우리는 성자입니다 여러분!

지옥의 아주 가까운 곳에서 그는 춤을 추었다. 도봉구의 교향악 속에서 그는 발끝으로 회전하였다. 끝까지 가면 당도할 것이라고 그는 외쳤다. 천국의 문을 열고 그는 광야로 나아갔다.

카프카는 먼 곳

어제 너와 술을 마셨는데
거기에 네가 없었다고 한다.

깨어나 커튼을 걷었는데 오늘따라
다른 나라의 밤이었다.

모르는 사람이 전화를 걸어와서 한 시간 동안이
나 통화를
　　오후의 일정에 대해 부동산 시세에 대해 또
　　사랑에 대해

　　나는 사실 잠든 벌레였는데
　　연구하는 개였는데
　　말하는 원숭이였다가 다시
　　쥐새끼의 노래였는데

나는 카프카를 지나 걸어갔다.
카프카를 산 뒤에 그것을 소비했다.
카프카가 대통령이 되어서 그를 욕하고
카프카를 배경으로 포즈를

나는 싫다고 말했다. 밤에는 사람들이 자꾸 방문
하여서 카프카를 권했다. 그들을 내쫓고 창문을 다
열고 환기를

다음 날에는 카프카가 찾아와서 거절을 하고 절
교를 하고
다른 사람과 한잔했는데
그 사람과 성교를 했는데
그 사람이 나였다고

카프카가 말했다.

카프카는 내가 없는 하루를
외로워하는 것 같았다.
자꾸 그 술자리에
내가 있었다고

옮긴이의 말

나는 옮긴이로서 말할 수 있다.
이 모든 것이 원본과 다름없음을.
밤의 불 꺼진 방을 옮긴 것이 당신의 영혼임을.
지금 응급실의 공기를 옮긴 것이 어제와 그제와 또
지난 시간 전부임을.

옮긴이로서 나는 확신할 수 있다.
원본과 토씨 하나 다르지 않은 것이 당신의 갈
봄 여름 없는 계절이며
그 계절이 우리의 먼 후일이며
옮길 수 없는 행간이 곧
절정임을

하지만 옮긴이로서 나는 자주
넌 누구냐

대체 누군데 그렇게 말하느냐고 묻는 사람을 마주쳤으며

　　주소지와 계좌번호와 석양과 강변의 개들을 옮겨 적느라 인생을 소모했으며

　　결정적으로 이게 어느 나라의 문자냐

　　어느 시대의 작가냐

　　네 애비가 누구냐

　　추궁을

　　옮긴이로서 말할 수 있다. 나는

　　잘생기지도 않았고 잘난 체도 않았고 언제나 모르는 길을 다녔는데 나는

　　단지 너에게로 가는 이정표들을 꼼꼼히 보았을 뿐이다.

　　그것이 쓸쓸하지 않아서 서서히 죽어가면서 내내

다른 언어로 태어났을 뿐이다.

　나는 당신에게 전화를 걸어서 잘 지냈느냐고 오
랜만이라고 취했노라고 그런데 이 씨발놈아 나는
너를 사랑했다 너는 나의 먼 곳에서 어떤 원본이 되
어가고 있느냐……
　내가 도달할 수 없는
　실은 이미 도달한
　부재중 신호의 저편에서는 아무런 답이

　옮긴이로서　나는 몇 페이지에서 몇 페이지까지
슬픈가.
　에이 비 씨에서 기역 니은 디귿까지
　강변의 개가 북극의 죽어가는 곰이 될 때까지
　응급실의 마지막 신호에 이를 때까지

나는

긍정적인 공기 속에서 밤의 귀가

나는 긍정적으로 반응할 것이다.
그것이 거울과 다를 것이다.
그림자가 아닐 것이다.
대리인과 비슷하지 않게

아무도 없는 골목에 조용히 가로등이 켜지는 느
낌일 것이다.
그것이 나의 발단이며
독거이며
원하는 것이 없을 것이다.

나의 대리인이 귀가하고 있다.
나는 그의 악몽을 결정하지 않는다.
징조가 되지 않는다.
살해하지 않는다.

나는 오늘 조용히 흘러 다녀도 좋다.

긍정적으로

이봐,

오늘은 긍정적으로

무인 세계

인간이 없는 세상에서 살게 되었다.
윗집 아주머니가 없어서 담배를 피우기 좋았다.
도둑 강도가 없어서 문단속을 하지 않았다.

외로움은 애인에게도 개그맨에게도 대통령에게
도 있지만
인간이 없는 세상에는 이디에도
그런 건 처음부터 어디에도

감정을 과장하지 않아도 좋았다.
오해를 오해로 남겨두어서 좋았다.
아무도 경멸하지 않는 삶을 살아갔다.

누가 바라보지 않아도 황혼은 오고
눈은 내리고 혼자

모든 것과 화해하는 밤

식료품과 음료수, 치약 칫솔 소화제 그리고 또
필수적인
생활 품목들의 세계에서
이 사람보다 저 사람을 좋아한다는 것
적이라든가 친구가 된다는 것
그런데 아무도 없는 세상에서 대체 왜
이런 생각을

생활 품목들의 유통기한과
도무지 의아한 것이 없는 마음과
아직도 내 영혼을 떠나지 않는
끔찍한 일이 있었다.

중력의 소모

드디어 중력이 다 소모되어서 둥둥
떠오르는 사람들
상계동에서도 베이징에서도 스무 살에서도
주소가 사라지는 사람들

허공이 집이라고 말하는 것은 쉬운 일입니다만
구름은 침대가 아니다.
누워서 악몽을 꿀 수도 없고
밖에 나가 배드민턴을 칠 수도 없고
네거리에 멈춰 서서 신호등을 기다릴 수도

창세기와 요한계시록 사이에서 유영을 했다.
상공에서 당신과 간신히 손끝을 맞대었다.
자이 아파트와 국회의사당과 동해물과 백두산이
둥둥

흘러가고 있군요.

식사는 했나?

아아, 지각이야, 지각.

당신에게로 가는 길과 당신에게서 돌아오는 길이

무한해집니다.

깊이와 너비를 한꺼번에 잃어버리고

무인칭이 되고

의혹과 함께

당신을 사랑했던 나날은?

셔틀콕이 뭉게구름을 뚫고 나를 향해 날아왔다.

폭탄처럼

나는 저것을 칠 수 있다.

나는 힘껏 도약한다.

클리셰만으로 봄날은,

봄날은 간다.
사랑과 이별과 아픔과 또
새로 이사 온 옆집 부부와 함께
봄날은 간다.

여보, 인생은 무상하고 강물은 유구한데
어젠 누굴 만난 거야?
그대는 부인하고 부인하고 부인하여 베드로가
되었으니
어째서 진실은 멀리 잇는 것인가.

이봐요, 잇이 아니라 있, 입니다만.
진실은 진실로 잇닿고 이어져서 결국 참을 수 없
는 것
맞춤법이 틀리고 오탈자가 의미를 바꾸어도 봄

날은,

　봄날은 간다.

　이것은 성서의 문장이 아니고

　비문의 미학이 아니고

　신조어도

　문자표의 새로운 기호도 아닙니다만……

　단지 상투어구라는 것을.

　그 심연에서 몸이 상하고 영혼이 잦아들 때까지 살아갈

　우리의 공동 주택이라는 것을.

　여러분 모두가 주님과 함께

　또한 사제와 함께

철물점과 미용실과 마트와 성당 사이에서 봄날은,

봄날은 간다. 우리의 사랑과 이별과

상처 속으로.

옆집에는 새로 이사 온 부부가 살아가고요,

사후의 일요일

발목에 불이 켜지고 무릎에서 부부가 싸우고
성기쯤에는 소년이 울고 있지.
아령을 들고 핫 둘 핫 둘
외치는 것은 어깨쯤
노인이 아파 누워 있는 후두부는 보이지 않네.

목뼈는 황혼처럼 사라지는 중
아직 깨지지 않은 머리통은 어디로 갔나.
손톱 발톱은 외롭게 타오르나.
검은 하늘에서 눈 코 입이 흐려지고
치아들이 별처럼 사라지고
폐가 없다.

손가락마다 죽은 사람들이 살고 있어.
그걸로 사물들을 가리키고

계산을 하고
욕설을

잠의 옥상에 저렇게 오래 서 있는 사람은 누구?
온몸이 피뢰침 같은
전두엽에 맺힌 이물질 같은
이미 만져지지 않는

발바닥보다 깊숙한 데서
비상등처럼 깜빡이는 것이 있다.
그것을 하루라고 부를 수 있다. 또는
사후라고

PIN

002

동물원의 시

이장욱

에세이

동물원의 시

1

그 동물원에는 김수영이 길고 유연한 팔을 휘두르며 나무를 타고 있다. 영락없는 긴팔원숭이다. 옆 칸에는 얼룩소새끼의 모습을 한 백석이 잉잉거리며 온갖 복잡다단한 음식들—가령 송구떡이니 반디 젓이니 도토리범벅이니 하는 것을 되새김질하고 있다. 박용래 나귀나 김종삼 낙타는 그 모양을 바라보다가 멀뚱멀뚱 먼 곳으로 시선을 돌릴 뿐이다. 김소월은 초식동물일 것 같지만 의외로 민첩한 고양이과 동물인데 지금은 수풀에 들어가 낮잠을 자느라 보이지 않는다. 자기가 어떤 동물인지도 모른 채 부엉부엉 우는데도 정확하게 밤낮의 흐름을 맞추는 동물로 임화가 있다. 서정주는 뱀이라든가 새가 틀림없을 것 같지만 실은 비버의 한 종류로서 물속에 들어가 코만 내놓고 아직도 정교한 집을 짓고 있다. 이상의 꼬리는 너무 길어서 다른 동물들이 자기 꼬리라고 착각하고는 정성스럽게 핥는 일이 종종 있다. 이 꼬리의 몸통을 만나려고 따라가보면 동물이 아니라 식물을 만나게 되는데, 그 식물의 가지가 동물원 천장을 뚫고 밤하늘까지 자라 있는 것을 보게 된다. 그 가지 끝에서는 아마도 소설을 쓰는 다른 별의 동물 몇 마리가 어슬렁거리며 이쪽으로 건너오고 있을지도 모른다.

2

동물원에 대한 아이의 기억은 창경원에서 시작된

다. 그 기억 속에서 창경원의 동물들은 크고 완강하고 격렬했다. 동물들의 벌린 아가리와 무엇이든 찢어발길 수 있는 이빨과 그 이빨에서 떨어지는 길고 굵은 침을 아이는 잊지 못했다. 이상하게도 아이의 기억 속에는 작고 아담하고 귀여운 동물들은 한 마리도 없었는데, 작고 아담하고 귀여운 동물들에게도 아가리와 이빨과 침이 있었기 때문만은 아닐 것이다. 그것들이 동화나 애니메이션 속의 부드럽고 귀여우며 우호적인 존재가 아니라는 것, 끊임없이 인간을 경계하고 인간에게 적대적이며 인간이 섣불리 이해할 수 없는 먼 존재라는 것을 아이는 직감으로 알았다.

그랬다. 최초의 동물원은 아이에게 살아 있는 것들의 권태와 식욕과 발광과 탐욕 같은 것으로 각인되었다. 뇌에 기록된 그 기억이 하도 맹렬하고 집요한 것이어서, 성균관대에서 창경궁을 지나 종로로 나가는 버스에 앉아 있을 때마다 소년에게는 이런 생각이 떠오르는 것이었다. 그때의 그 동물들은 다 어디로 갔을까? 그들의 벌린 아가리와 무엇이든 찢어발길 수 있는 이빨과 그 이빨에서 떨어지는 길고 굵은 침은 다 어디로?

3

창경원은 1984년에 폐쇄되었다. 그곳에 동물과 동물원은 더 이상 없다. 일제가 대한제국의 마지막 왕 순종을 길들이기 위해 만든 것이 창경원이라는 것은 나중에 알았다. 하지만 소년은 사라진 왕조의 역사보다 슬픈 동물들의 역사 쪽에 더 관심을 보였다. 창경원의 동물들은 과천으로 이송되었다고 했다.

이후 그는 과천의 동물원에 갔다. 광주의 동물원과 파리의 동물원과 교토의 동물원에 갔다. 세상은 넓고 동물원은 많았다. 광주에 거주할 때는 변두리의 오래된 동물원을 좋아했는데, 그건 우치 동물원이었고, 우치 동물원의 낡고 단조로운 풍경은 특히 비 내리는 평일 오후에 아름다웠다. 우치 동물원의 기린이 하도 우아해서 그는 기린의 움직임을 홀린 듯이 바라보면서 차라리 기린이 아닌 모든 것을 떠올리고는 했다.

우치 동물원의 기린과 파리 뱅센 동물원의 기린과 교토 시립 동물원의 기린이 크게 다르지 않다는 것을 그는 알았다. 런던 리젠트파크 동물원의 기린과 상트페테르부르크 레닌그라츠키 동물원의 기린 역시 크게 다르지 않다는 것을 그는 알았다. 기린들은 다른 언어를 쓰지 않고도 제각각 우아하다는 것을, 서로 바꿀 수 없는 고유의 아름다움과 고유의 괴로움이 있다는 것을 그는 또 알았다.

4

그가 아는 한 가장 무서운 동물원은 시베리아의 도시 이르쿠츠크에 있다. 영하 27도의 거리를 헤매다 발견한 이 사설 동물원은 환기도 안 되는 좁은 실내 공간에 촘촘한 복도식 철창들로 이루어져 있다. 300루블을 내고 입장하면 수많은 소형 동물들과 중형 동물들이 비좁은 철창에 갇혀 사육되는 풍경을 볼 수 있다. 원숭이, 뱀, 앵무새, 족제비, 악어, 표범 등 수백 종의 동물들이 옴짝달싹하기 어려운 폐쇄 공간에 갇혀 사육되고 있다. 그들은 종의 특성에 따른 구분 등 최소한의 배려조차 받지 못한 채 탁한 눈으로 관람객들을 바라보고 있다. 거구의 사자 두 마리도 두 평 남짓의 상자 같은 우리에 갇힌 채 캬릉거리고 있다.

동물들이 내뿜는 살기와 독기와 허기와 자포자기가 좁고 더럽고 불결한 공간에서 지옥도를 이루고 있다. 이르쿠츠크의 사설 동물원에서 사람들은 좁은 복도에 다닥다닥 붙어 생존 중인 동물들을 관람한다. 350루블을 내면 그 동물들을 사진으로 찍을 수도 있다. 동물원의 좁은 공간은 부모를 따라온 아이들의 비명과 그악스러운 괴성으로 가득하고, 구관조와 원숭이 같은 동물들이 인간의 소음에 대항해 악전고투하고 있다. 나머지 동물들에게는 포효할 힘조차 남아 있지 않은 듯하다. 이르쿠츠크 사설 동물원의 동물들이 하는 일은 한 가지다. 그들은 열심히 죽어간다. 무력하게 죽어가고 집요하게 죽어간다.

　동물들은 우리에게 '죽음'이라는 완고한 외재성外在性을 가르쳐준다고 말한 철학자가 있었다. 우리의 바깥에서 죽음이 발생하고 있다는 것을 가르쳐주려는 듯 동물들은 맹렬하게 살아가고 맹렬하게 죽어간다. 하지만 이르쿠츠크 동물원의 동물들을 바라보고 있으면 그 철학자와는 반대로 생각하게 된다. 동물들은 우리에게 '죽음'이라는 완고한 '내재성'을 가르쳐준다고. 동물들은 죽음이 어떤 방식으로 우리 삶에 '내재해' 있는지를 가르쳐준다고. 죽음이 이미 우리 삶에 깊숙이 스며들어 있음을 가르쳐주는 것은 바로 저 동물들이라고.

5

　동물들과 달리 식물들은 우리에게 무궁한 것을

가르쳐준다. 숲속의 나무들은 서로 연결되어 있으며 모든 것이 하나라고 말하는 듯하다. 숲이라든가 산이라든가 수목원 같은 곳을 거닐 때 우리는 개체를 초월한 감정의 풍요를 느낀다. 이것은 착시일까? 그럴 것이다. 동물들과 마찬가지로 식물들도 하나의 개체로 태어나 개화하고 싸우고 병들고 죽어간다. 하지만 우리에게 식물들의 공화국은 개별자의 생존 투쟁보다 더 거대한 상위 체계의 존재를 직관적으로 느끼게 만든다.

비유적 차원에서 식물성의 사유와 동물성의 사유를, 식물성의 감각과 동물성의 감각을 구분할 수 있을지도 모른다. 식물성의 사유는 대개 환원, 반복, 유기성을 근간으로 삼는다. 식물적 풍경 안에서 우리가 발견하는 것은 대개 정적인 사태, 세계의 단일성, 본질, 회귀 등이며, 만물을 감싸 안는 그윽한 포용의 이미지이다. 식물들은 대개 보이지 않는 통일된 전체를 환기하기 위해 우리 곁에 있는 것처럼 보인다.

동물들은 이에 반대한다. 동물들은 언제나 우리

의 바깥에 있다. 동물들은 영원을 가르치지 않고 반대로 유한함과 필멸을 가르친다. 동물들은 개체성과 운동성과 생존 본능의 담지자들이다. 그들은 회귀하거나 반복하지 않는다. 그들은 사멸한다. 그들은 일회적인 종말을 향해 나아간다. 그들은 희로애락을, 오욕칠정을, 마침내 죽음의 불가피성을 우리에게 가르쳐주는 듯하다. 개체성과 생존 본능에 압도된 동물들은 통일된 전체 같은 것을 알지 못한다. 다만 본능과 육체성과 타자성을 가르치기 위해 동물들은 인간의 시야로 들어온다.

식물성의 사유가 대체로 나와 너 사이의 거리와 경계를 무화시키고 인간의 비극과 고통을 치유하는 방향으로 움직인다면, 동물성의 사유는 화해와 공감을 말할 때조차 나와 너, 나와 세계 사이의 거리감을 전제한다. 동물들은 대개 비극과 고통을 그대로 안고 인간의 시선 속으로 들어온다. 동물들은 인간을 감싸 안지 않는다. 인간은 동물들을 바라보고 동물들도 인간을 바라본다. 동물과 인간의 시선은 무수하게 교차하고 어느 지점에서는 반드시 어긋난다.

이르쿠츠크의 사설 동물원에서 사육당하는 동물들을 물끄러미 바라보고 있으면, 동물의 고통이 곧 세계의 고통이며 드디어 견딜 수 없는 분노에 가까워진다는 것을 알게 된다. 사육당하는 동물들이 물끄러미 인간을 바라볼 때 우리는 귀엽다거나 신기하다거나 무섭다는 인간의 시선을 그들에게 돌려주는 일이 얼마나 안이한 일인지를 천천히 깨닫게 된다.

6

동물들은 진화하고 인간도 진화한다. 어떤 이들은 인간의 조건과 동물의 조건을 숙명적인 것으로, 변화 불가능한 것으로, 영원한 불변항인 것으로 전제한다. 진화심리학이 여성과 남성의 생물학적 차이를 소위 '사바나 원칙'(장구한 세월 속에서 축적된 성적, 유전적 요인의 지배)으로 명명된 불변항으로 전제하듯이, 어떤 작가들은 불변항에 대한 가설을 '근원'의 이름으로 치환하고 그것을 반복한다. 하지만 남녀의 성차는 복잡하고 가변적인 요인들이 갈등하고 싸우고 힘겨루기를 하는 권력 투쟁의 장에 다름 아니며, '사바나 원칙'은 과학적 증명도 반증도 불가능한 '추정'의 영역에 속한다. 불변항을 변항으로 상상하지 않는다면, 불변항 자체를 무한한 유동성 속으로 빠뜨리지 않는다면, 과학은 문학은 예술은 대체 무엇이란 말인가?

　에밀 졸라처럼 인간을 동물과 같은 생물학의 수준에서 바라보는 것을 자연주의라고 부르지만, 시인의 동물원은 자연주의의 숙명적인 동물원이 아니다. 시인의 동물원은 '부정성'이 거세된 (코제브나 아즈마 히로키 식의) 은유적 동물원도 아니다. 동물원은 '부정성'으로 충만한 채 인간사 속에서 유전하고 인간사의 희로애락을 통과한다. 인간을 감시하는 판옵티콘이 17세기 동물원의 구조를 모방했다는 것은 잘 알려져 있지만, 우리는 차라리 인간의 역사가 동물원에서 흘러간다고 말하는 편이 옳을지도 모른다. 그러니 시인의 시는 동물원의 시가 아닐 수 없으며 동물원의 시는 인간사의 시를 뒤집고 누비고 돌려 보는 것이 아닐 수 없다.

7

니체의 차라투스트라가 영원회귀에 대해 선언한 것은 공교롭게도 동물들 앞이었다. 동물들은 이렇게 듣는다. "만물은 소멸하고 만물은 새로 이루어진다. 존재의 집은 영원히 스스로 세워진다. 만물은 흩어지고 만물은 다시 만난다. 존재의 수레바퀴는 영원히 자기 자신에게 충실하다." 이 문장 속에서 영원회귀는 『도덕경』식으로 말하자면 천지불인이다. 세계는 끝내 인간화되지 않은 채 자신의 운명을 반복한다. 동물들은 영원회귀 속에서 모든 영원을 부수며 전진한다. 그들은 일회적으로 살아가고 그들은 일회적으로 죽어간다. 그들은 죽음을 제 안에 이미 지니고 있으므로 두려울 것이 없다. 그들은 끊임없이 사라지고 죽어가면서 우리를 바라보고 있다. 그 거대한 아가리를 벌리고, 무엇이든 찢어발길 수 있는 이빨을 드러내고, 그 이빨에서 드디어 길고 굵은 침이 떨어지는 순간과 함께.

동물입니다 무엇일까요

지은이 이장욱
펴낸이 김영정

초판 1쇄 펴낸날 2018년 3월 5일
개정판 1쇄 펴낸날 2022년 10월 26일

펴낸곳 (주)현대문학
등록번호 제1-452호
주소 06532 서울시 서초구 신반포로 321(잠원동, 미래엔)
전화 02-2017-0280
팩스 02-516-5433
홈페이지 www.hdmh.co.kr

ISBN 979-11-6790-136-1 04810
     979-11-6790-109-5 (세트)

* 책값은 뒤표지에 있습니다.

현대문학 핀 시리즈 시인선